일요일의 우편배달부

일요일의 우편배달부

강회진 시집

문학들

차례

05   시인의 말

제1부

13   파종播種

14   붉은 여우

16   달을 베어먹으며

18   홍그리엘스

20   동백이 피었다

22   세상에서 가장 큰 책을 읽으시는

23   수목장樹木葬

24   그때

26   포구에서의 밤

27   숨 쉬는 나무

28   봄, 족하足下에게

30   모래이름

32   바람을 들이다

제2부

35 불감不感

36 일요일의 우편배달부

37 아름다운 고집

38 하마河馬

39 별

40 소유의 기원

41 찬란한 한때

42 그림의 이해

44 꽃피는 바다

45 둥근 사막의 귀

46 지극히 소심한

47 흑준마

48 늙은 애인 푸쉬킨

49 착한 아이야 이제 돌아오너라

50 세라핀

제3부

55   봄밤

56   야생의 시간

57   노루가 우는 소리를 들었다

58   라디오 라디오 92.3

59   몽유夢遊

60   꽃피는 옥탑방

61   고수레

62   왜목마을

63   햇살 가득한 삼나무 숲

64   히말라야

65   손가락을 삼킨 심장

66   명옥헌

67   나무 중독자

68   이평리 석불

제4부

71   오목가슴

72   그림자 그늘

73   단순한 꿈

74   삼십육 분

76   비스듬히

77   훌쩍

78   흐르는 것을 따라가다

80   구절리에서

81   뿌리를 꿈꾸며

82   사이

83   나의 서정抒情

84   워낭

86   탑돌이

87   응시의 힘

89   **해설** 생의 어둠을 포월(胞越)하는 이미지의 마력_ 장석원

제1부

파종播種

겨우내 잠들어 있던 씨앗들 놀랠까봐
아버지는 손에 흙을 묻히고

붉은 여우

퀭한 그림자를 닮았다
발자국마다 붉은 핏자국 선연하다
차창에 떠올랐다가 슬쩍 사라지는
낯익은 소름의 뒷모습

낡은 구두가 끌고 가는 귀갓길
입김 서려 손꽃 핀 차창에 기대
외투 안주머니 얇은 월급봉투를 더듬다가
본다, 눈 쌓인 몽골 히시건도르 초원
자작나무 그렁그렁 타오르던 밤
살짝 열린 게르 문틈으로
나를 훔쳐보던 붉은 그림자
차창에 떠올랐다가 사라지는 동안
버스도 길을 멈춘다
그 밤 내내 게르 곁을 서성이며 내 잠을 갉아먹던
퀭한 눈, 나는 무언가에 홀린 듯
그림자에 붙들린다

흠칫 뒤돌아보는 슬픈 눈
눈 쌓인 초원 바람처럼 내달리던 먼먼길
거침없이 상처까지 핥으며 걸어가던
붉은 여우, 반짝, 장작불에 빛나던
그날 밤 눈빛은 어디로 갔나
하늘의 대지에 닿는 별의 눈빛으로
핏자국 쓱쓱 지우며 가던 붉은 여우는

달을 베어먹으며

늙은 책을 펼치자 잎맥 도드라진 나뭇잎 한 장 합장
하고 앉아 있다 책벌레에게 몸 다 공양하고 해탈에 든,
노스님의 옷자락 같다

눈을 감으니 부다가야 거대한 보리수 숲 일렁이며 내
게로 걸어온다

뚝뚝, 수 만 장 푸른 달 베어먹으며, 잘린 가지 흉터
를 타고, 숲으로 들어가야지 바람 불 때마다 화르르 쏟
아져 내리는 달빛들, 잎새가 되기 전의 생으로 가서 잘
달구어진 모래 위 맨발로 서야지

달을 반쯤 삼킨 옥탑방, 기우뚱한 지붕 쪽으로 하늘
이 바짝 다가온다 몸 부리는 곳이 높을수록 오히려 견
딜 만하다

달빛 흘러내리는 보리수 잎새만으로도 배부르고 싶
은 밤 거대한 보리수 숲으로 들어선다

낡은 책을 펼치자 잎맥만 남은 나뭇잎 한 장 두 손 모
으고 누워 있다 책벌레에게 몸 죄다 공양하고 선정에
든 노스님의 갈비뼈 같다

훙그리엘스

해를 삼켜버린 모래 바람 견디며 눅눅한 등뼈를 눕히고 편지를 씁니다 낙타 등에 실려 저는 지금 고비에 와 있습니다

훙그리엘스, 사람들은 이곳을 '노래하는 모래언덕'이라 부릅니다 모래가 노래가 되기까지는 매 순간이 고비라는 훙그리엘스, 모래 알갱이 하나하나에 박히는 햇빛 조각에 한참을 더 찔린 후에야 등뼈 사이의 물기가 꾸덕꾸덕 마르는군요

더운 바람 불 때마다 거대한 모래 산들 차륵차륵 물소리를 냅니다 귓바퀴를 구르는 소리가 내는 길을 따라가다 보면 가까운 어딘가에 오아시스가 있을까요 아직 저는 오아시스를 만나지는 못했습니다

그리운 것은 가 닿기보다는 그냥 그리워하는 것이 낫겠지요

또 몇 고비를 넘어야 하는지요 해가 지고 모래언덕에
는 하늘에서 떨어진 별들이 잘 달구어진 모래 위를 젖
빛으로 빛내며 흥건히 흘러내리고 있습니다

어쩌면 저는 당신께 단 한, 장의 이 엽서를 쓰기 위해
여기까지 온 건지도 모를 일입니다

동백이 피었다

언제쯤일까
십년도 더 지난 그때
날이 하 좋아
어쩌지 어쩌지 발 구르다가
서둘러 찾아간
선운사 입구 동백나무 아래
지금은 시인이 되어버린
동백처럼 여리고
동백씨앗같이 단단한 그녀와
가슴께로 떨어지는 낮달을 안주삼아
낮술을 마셨네
환한 봄볕 아래
꽃불처럼 피어오르던 얼굴 둘,
그때 동백에 얼굴을 묻고 동박새가 울었던가
안 울었던가
그때 그녀는 동백아가씨를 불렀던가
안 불렀던가
그때 우리는 막차를 타고

무사히 그 풍경을 빠져나왔던가
그예,
동백숲에 붙들렸던가

세상에서 가장 큰 책을 읽으시는

왜바람에 물기가 묻어 있는 걸 보니
재 너머에 비가 오나 보다
바람꽃 지기 전에
비설거지 해야겠다

꽃잎 떨군 살구나무 아래
시난고난한 어머니
염소처럼 박혀 머위 잎 뜯다가
허공 한 줌 손에 담고
가만가만 바람의 맥을 짚어낸다

이름 석 자 간신히 쓸 줄 아는 어머니
세상에서 가장 큰 책을
읽고 계신다

수목장樹木葬

낯선 땅 어딘가 앵두나무면 어떨까

봄 오면 가지와 가지 사이

비밀스레 자리바꿈하는 봄볕 핥아먹으며

꽃눈 품었다가

바람 한 줄기 불라치면

잔가지마다 꽃향기 풀어놓는 나무는

늦저녁 조록조록 매달린 꽃등 아래

사랑 나누는 목선 정갈한 청춘들 슬쩍

흘겨도 보리라

애채가 생길 수는 있을지라도

조금 더 뜨겁게 영글겠지

길게 늘인 가지 사이 물 오른 열매들

누군가의 캄캄한 입 속으로 사라지기도 하겠지만

그 사이 몸피 키운 잎사귀들

잘 닦은 허공에 한 점 점묘화로 떠오르고

어룽대는 그림자 베고 또 누군가는

발치에 길게 누워

앵두처럼 잘 익은 꿈 꾸리라

그때

　우기의 날들 연보라 물옥잠 가득 핀 페와호, 하루에도 몇 번씩 몸 뒤집는다 살면서 한 번쯤 히말라야를 보는 것 그것은 살아있음에 대한 예의라고, 비바람이 핥고 가는 나뭇잎 켜켜이 아프다 방향을 잡을 수 없는 바람 등지고 보리수 아래 사랑기 켜는 남자 옆, 들킨 무릎에 떨어지는 노랫소리

당신은 지금 포카라에 왔어요
저 멀리 물고기 꼬리를 닮은 산이
빗속에 잠겼다고
속상해 하지 마세요
히말라야는 당신에게 갇힌 거예요
눈 감고 보세요
저기 눈 쌓인 산이 보이지요
당신은 지금 히말라야 중심에 있는 거예요

　산은 마을을 품고 일순 물에 감겨 사라진다 모든 것
에는 알맞은 시간이 있는 법 또 한 번 때를 놓친 것일까
살면서 얼마나 많은 때를 놓쳐야 알맞은 시간 가늠할
수 있을까 설산에 발 들여 놓지도 못한 채 돌아서는 그
때, 비 그친 중심 매끈해진 세상

포구에서의 밤

낯선 포구에서 펴주는 이불은
반달이 걸어준 전언이었다
골목까지 들이치는 파도소리에
납작 귀 기울이는 집들
꿈속에 걸린 허공의 방
몸 절반 절단내고도
천연스레 밤바다 밝히는
선미등 주위로
지친 파도 오글오글 몰려든다
사그라드는 불빛 따라 떠났던 배들
서둘러 돌아오고
배경처럼 물새 몇 마리
붉게 물든 바다 몇 조각 물고
새벽 속으로 흘러들어간다
너무 오래 이곳에 머물렀을까
내 몸 절반에 켜진 불빛 들고
일출까지 무릎 세우고 있어야겠다

숨 쉬는 나무

군불을 지피려 산에 올라 나무를 베고 그루터기에 걸터앉아 무심코 나이테를 세었더니 쓰러진 굴참나무와 그는 공교롭게도 동갑이었다 산을 내려온 그 밤 내내 잠을 이루지 못했다고, 사십년이 지나서야 그가 말해주었다

조각난 나무들 딱딱하다 솟대를 만들기 위해서는 우선 나무의 옷을 벗겨야 한다 봄 나무는 부드럽고 연한 속살을 가졌으나 겨울나무는 온 몸 불을 껴안고 있다 뭉텅 잘려나간 옆구리에 가만히 손을 대면 뜨거움에 손보다 먼저 마음이 데일 것 같다 아버지는 겨울에는 나무를 베는 게 아니라 그랬지, 잠을 자고 있는 겨울나무를 베는 일은 죄를 짓는 일이라 했다

솟대를 깎다가 모로 누운 밤, 어디선가 쩡, 쩡 얼음장 터지는 소리가 났다 채 날개를 달지 못한 새의 몸뚱이가 불뚝불뚝 숨 쉬고 있다 아버지가 빈손으로 내려온 그 저녁, 차가운 윗목 콩벌레처럼 누워 있던 어린 나 천천히 등을 편다

봄, 족하足下에게

　오늘 온다하여 안날부터 기다렸으나 족하는 이틀이 지났어도 오지 않았소 언덕배기 돋을양지 쪽 노루귀나 봄까치풀에 정신이 팔렸다 해도 한겻이면 넉넉할 것을, 해토머리 오는 길 매화나무에 통통히 꽃물이 올랐다 해도 한나절이면 족할 것을 나는 족하가 일부러 에움길로 오나싶어 동구 밖까지 나가 기다렸으나 족하는 보이지 않았소 내가 직접 족하의 집 근처로 가려 했을 때는 이미 마당에 살구나무 긴 그늘이 드리울 무렵인지라, 주저하다 포기하고 밤새 족하는 도대체 어느 길에 묶인 채 나를 그리워할까 생각하였소

　다음날 갓밝이에는 여러 마을로 통하는 난달이라 필시 거쳐 갈 것이라 생각하고 서둘러 그곳에 갔으나 족하는 없었소 나는 한참을 서글프게 서 있다가 끝내는 족하의 집으로 갔는데, 등을 보이고 서 있는, 키가 훌쩍 큰 무언가에 마음이 설레었소 그러나 또 헛걸음이란 것을 알고 비로소 원망이 생겼소 소소리바람이 불자 와락 돌아갈 마음이 생겼소 뒤돌아서 키 큰 버드나무에게 만약 족하가 오거든 내 이름을 전해 달라 부탁하였지만,

족하가 어쩌면 버드나무 뒤에 서서 진작부터 나를 보고
있었는지도 모른다 생각했소

　그러나 이때의 마음을 오늘은 다 잊었소 게다가 족하
가 오겠다 한 날은 골안개가 끼었다가 명지바람이 불고
지짐거렸기 때문이오 멀리서 매화가 터지는지 사방이
우련하니 그것으로 족하오

모래이름

낮선 방,
떠돌다 온 사막이 먼저 들어와 눕는다
흩어진 모래
내 몸의 일부인 것 본다
아하, 너였구나
누군가 내 이름 부르는 듯해
바다 쪽으로 난 창을 여니
무정천리 바다 위 눈 모래들
때 아닌 봄눈
지상의 이름 부르다 차갑게 사라진다

이름이 떠나가는 걸 보지 않으려면
그 이름 큰소리로 불러서는 안 된다지
이름이 떠나가 버리면
그 이름 가진 자도 함께 떠나가버리므로
그동안 나는 남겨지는 것이 두려워
수많은 이름들 가슴에 쟁여놓았다
그것이 모래이름인 줄도 모르고

밤마다 알전구를 매달고
먼 바다로 나갔다 되돌아오는 파도가
아무 일도 아니라는 듯 모래이름을 지우고 간다

바람을 들이다

바심 끝난 후
검불과 뒤섞인 나락
바람결에 설설 털어내는 것을
들인다, 고 한다
콩 들이는 날 이런,
바람이 없다
애가 탈 만도 헌데
아버지는 휘파람만 불어댄다
바람 소리 닮은
휘파람을 불면 어디론가 떠난
바람이 돌아온다고
믿기 때문이다
긴 휘파람 소리 맞춰
엉덩이 들썩이며 어머니는
콩을 까분다
바람을 부르는 일은
바람에게 공들이는 일이다

제2부

불감不感

때마침 불어오는 명지바람에
몸 비틀며 조금씩 부풀어 오르다가
그예 출렁이고 마는 숲
가는 봄비 내리고
온 몸으로 비를 받은 숲
겨우내 허기진 배 채우듯
허겁지겁 몸피 키워가는
저 숲이 무섭다

일요일의 우편배달부

월요일에 우편배달부가 온다 편지를 쓰는 사람이 없으니 그는 빈 손이다 화요일에 우편배달부가 온다 편지를 받을 사람이 없으니 빈 우편함이다 상심한 얼굴로 되돌아간다 수요일에도 우편배달부가 온다 물끄러미 나의 얼굴을 바라보다 간다 목요일에 우편배달부가 온다 그가 안쓰러워 매일 그를 기다리던 나는 편지를 쓰기로 한다 금요일의 우편배달부는 우편함에서 편지를 꺼내 환한 얼굴로 나에게 전해준다

나는 빈 냉장고에서 날마다 스멀스멀 방으로 손을 뻗치는 거대한 고구마줄기에 대해 쓴 편지를 읽는다 냉장고는 거대한 어항, 밤새 웅웅 혼자 방을 넓히며 수초를 키워내지 어항의 문을 열고, 문을 닫고, 나는 비늘갈이를 시작했어요 사랑해요 사랑하지 마 어쩌죠? 벌써 사랑해버린 걸요 어서 돌아와 예전처럼 내 가슴에 차거운 이빨을 박아주세요

토요일의 우편배달부는 휴가를 떠났다 나는 다섯 통의 편지를 써 우편함에 넣은 후 지느러미를 접고 강구江口로 간다 이제 일요일, 편지의 해독은 여인餘人의 몫이다

아름다운 고집

소소한 밤
고향으로부터 사진 한 장 전송 받는다
조심스레 고향집 낡은 문을 밀자
마당 한 켠, 손 댄 자리마다 멍자국 난
너무 익은 과일 같은 어머니
과즙 같은 고름 흘리며
감자씨를 고르고 있다
몸 속 독버섯 독하게 자리 잡은 걸 알면서도
미련스레 내년을 고집하며
한쪽으로 골라놓은 감자들
당신 닮아 모조리 멍들고 상한 것들뿐
그것들끼리 모여 버려질 줄 알면서도
안간힘으로 싹 틔우는 고집이라니

하마河馬

　뜬금없이 당신은 하마가 보고 싶다 말했다 끝물의 벗
꽃 흩날리고 손과 손 스치며 동물원 간다 봄볕 내려와 따
글따글 뒹구는 나무의자에 엉덩이 붙이고 우리가 한 일
이라고는 두어 시간 동안 하마를 바라보는 게 전부였다

　무리지어 생활한다던 하마는 심드렁 홀로 집 지키고
있다 이따금 종종종 소풍 나온 유치원생들이 하마야,
하마야 악을 쓰며 불러대는데 그러거나 말거나 하마는
비대한 몸 뒤척이며 누워만 있다 가끔 쫑긋 세워진 아
이 손바닥만한 귀를 털어낼 뿐 끙, 돌아눕는 하마의 엉
덩이 쪽으로 한 아이가 주먹을 먹였다

　오래도록 하마를 바라보던 당신의 눈이 고요해지는
것을 본다 먼먼 생 언젠가는 이번 생을 인정할 수 있을
까 이유도 알 수 없이 방바닥을 치며 통곡하던 날들을
용서할 수 있을까 뜨겁게 거절하는 당신을 다음 생에서
도 사랑한다 말할 수 있을까

　어쩌면 당신과 나는 무리를 이탈한 하마인지도 모를
일, 하마하마한 우리는 세상이 뭐라 주먹을 먹여도 가
만히 두 귀 털어내며 홀로 고요해지고 싶은 건지도

별

된장국 끓는 듯한
개구리 울음소리, 툭툭
그믐밤 모올래 터지는
찔레꽃 향기
자잘자잘 흐르고
가끔은 길게 늘어진 거미줄
목에 걸려도 좋을
좁다란 오솔길
떡갈나무 길게 손 내밀어
부스럭대는데
풀새밭 사이로
꽁무니에 빛을 매단 별들
꼬물꼬물 속살거리고
사립문 밀치고 들어서며
어머니, 하고 부르면
토방에 외로이 누워 있던
흙 묻은 고무신
속으로 한없이 떨어지는
맑은 별들, 별들

소유의 기원

　사냥 말고도 낚시와 조개잡이가 가능해지자 사람들은 한 곳에서 사계절을 보낼 수 있게 되었다 더 이상 유랑流浪은 어리석은 일, 그들은 이제 안정된 거주지를 돌며 사냥 대신 생포生捕를 시작했다 미리 잡은 동물을 소비할 때까지 곁에 두기 위해서이다 얼마나 많은 동물을 소유했느냐는 때로 그들의 서열을 정해주었다 소유는 미래의 소비를 보장받는 것,

　불행하게도 나는 너를 생포하겠다

찬란한 한때

두렁 치러 나간 늙은 아버지에게
들밥 내러 갔다가
쑥 향 불쑥불쑥 올라오는 논두렁에 앉았는데
건너편, 봄빛 질펀히 풀어진 저수지
물오리 한 마리
힘차게 봄을 밀고 있었다
흩어졌다 모아지는 찬란한
산그늘 속에서
비둘기는 공연히 울고 있는 것이 아니었다

그림의 이해

　연못 속 천 년 전 왕국이 숨어 있어, 믿을 수 없다고? 저 미나레트 보이지 푸른 달 등불처럼 매달고 있는 저 탑 말이야 가만, 탑 꼭대기에서 누군가 아까부터 이쪽을 살피고 있군 재촉하지 마, 연못 주위 불이 꺼지기를 기다려야 해 우리가 걸터앉은 건 몇 백 년도 더 된 뽕나무 가지야 저 쪽 밭에 핀 것은 목화군, 마치 흰 이불을 펼쳐놓은 것 같지 드디어 하나 둘 불이 꺼지기 시작한다 연못 속을 잘 들여다봐 누군가 연못 속에서 별들을 건져내고 있지 그래, 그게 바로 첫 번째 신호야 쉿! 드디어 문 열린다 저 사람들, 머리에 터번을 두른 저 사람들 누군지 알겠지? 맞아 바로 대상들이야 비단길 따라 움직이는 사람들이지 얼마나 먼 길을 돌아왔는지 낙타의 저 지친 눈빛 좀 봐 등짝에 얹힌 저건 분명 서역으로부터 온 비단이나 보석, 향료들이겠지? 흡, 이렇게 숨을 들이켜봐 초원을 건너온 바람이 달콤해 햇빛에 달궈진 사막의 숨결도 느껴지는 걸 어쩌면 나는 먼먼 초원의 떠돌이였을까 이렇게 기분이 좋아지는 걸 보면 헌데 저 사람들은 뜨거운 차를 나눠 마시며 무슨 이야기 중

일까 다음 길에서 만날 오아시스에 대한 이야기일지도
몰라 저들에게 이곳은 단지 쉬었다 가는 곳 중의 하나
일 뿐 그래서 저들은 언제고 툭 털고 일어날 수 있지
　그런데, 우리처럼 그림을 보던 사람들은 사막 어디쯤
건너가고 있을까? 이제 호수 문 닫힐 시간이야 가서 차
한 잔 얻어 마시고 슬슬 떠나보자구 한 곳에 너무 오래
있었어

꽃피는 바다

물새들 일렬로 서 있다
파도의 너울춤에 맞춰
숨 고른다, 일순
몸 둥글게 말아 오른다
물바람에 살아남으려
물렁해진 뼈
몸 뒤척이던 바다
멀미도 없이 거품 꽃 터트리고
물새들, 흰 꽃들 베어 문다
새들이 물고 간 꽃 가슴 한 잎 떨어져
밤새 바다는 제 몸 뒤집어
다시 피어낸 비릿한 향기
사방천지 풀어 놓는다

둥근 사막의 귀

붉은 여우 꽃 발자국 따라 가는 길 싹싸울 싹싸울 사
루비아 까만 씨앗 같은 소리 들린다 모래사막에서만 자
란다는 싹싸울 나무 울고 있는가 한껏 달궈진 사막에
귀를 댄다 사막을 횡단하는 숱한 발자국 소리 사막은
초원을 지나온 바람을 데려와 나를 둥글게 감싼다 내
귀는 너무도 날카로워 속울음조차 듣지 못하는데 오래
견디며 오래 곁을 내 준 사막은 자잘한 풍경들로 둥근
귀를 만든다 사막 속, 무수한 귀들 돋는다

지극히 소심한

어린 나만 두고
급히 일 보러 먼 길 가신 부모님
해거름 전화해서
소밥은 잘 주고 있느냐?
밥 잘 먹고 있느냐? 가 아니라
소 걱정을 먼저 하다니
소만도 못한 나는 밥이고 뭐고
이불을 쓰고 울었다
꿈속에서 길을 헤매다 깬
이른 아침
부모님께 전화를 한다
몸 성히 잘 계시냐는 말 꾹 삼키고
고작 한다는 말,
앵두는 다 익었어요?

흑준마

　오랜 시간이 흘러 베인벨렉은 애인 소미야를 찾아 고향으로 되돌아온다 그렁그렁 장작이 타오르는 게르 밖 눈 쌓인 초원, 언 달빛 숨죽이며 흘러내리는 밤 잠시 침묵, 사랑했, 던 두 사람은 쉽게 잠들 수 없다 소미야, 무슨 말이라도 해봐, 베인벨렉이 소미야의 차가운 손을 더듬으며 말한다 할머니가 돌아가셨어 베인벨렉의 긴 속눈썹을 만지고 싶었던 소미야는 간신히 말한다 울지 마, 사람은 누구나 한 번씩 죽는 걸 소미야의 하얀 목덜미를 그리워한 베인벨렉은 고작 이렇게 말한다 할머니가 돌아가셨다는 말, 사랑하고 사랑했던 지난날들이 죽은 것과 다름없다 거친 바람을 실은 눈보라가 스크린 밖으로 들이쳐 나는 자주 몸을 웅크려야만 했다

늙은 애인 푸쉬킨

우즈벡에 와 한 계절이 지났는데도
창문을 열면 자꾸만
가는 파도 소리 귀에 감긴다
비단길 복판에서 파도 소리라니
뒤축 닳은 신발을 따라
늙은 애인에게 가는 길은 멀다
삶이 그대를 속일지라도
슬퍼하거나 노여워하지 말라던 그의 말들
주문처럼 읊조리던, 시 한 줄로나마
터진 마음 깁던 뜨거운 날들의 나는
어디로 갔나 지금은 폐역,
늙은 애인은 오늘도 적막한 공원에
반쯤 기운 노을 한 귀퉁이 베어 물고 서 있다
죽어서도 고향에 가지 못하는 늙은 애인
서늘한 발등에 이마를 대고
차라리 울고 싶다 긴 사막을 횡단하는 낙타처럼
나를 데리고 낯선 집으로 돌아오는 길
차륵차륵 무수한 모래바람 분다

착한 아이야 이제 돌아오너라

살눈 내리는 사막은 이른 아침부터
싸륵싸륵 자리바꿈 한다
눈 내린 아침 대빗질 소리
이 산골짝까지 찾아올 그 누구 있다고
이른 아침부터 눈을 치나
아버지가 만드는 대빗질 소리
내 귀를 쓸고 소나무 숲으로 사라진다
하루 종일 아무도 밟지 않은 길
정성껏 쓸어놓은 길 따라 나섰다가
눈꽃 핀 살구나무 아래 휘적휘적 걸어오던
아버지, 저 멀리 서 있다
착한 아이야 이제 돌아오너라
모래밭 맨발로 걷다가
꺼내 본 아버지의 짧은 전언
붙박이별 따라 사막 너머로 사라진 대상들
긴 옷자락 끌리는 소리
이른 아침 눈을 치던 아버지의 대빗질 소리
모든 피붙이의 길은 집 쪽으로 나 있다

세라핀

　신의 계시를 받은 세라핀, 세상의 조롱을 받으며 오늘도 고집스런 표정으로 영혼의 색을 구하러 나선다 청소를 하며 세월을 다 보낼 뻔, 한 낡은 구두는 경쾌하게 철떡철떡 길 위에 심을 박는다 오늘 번 돈으로는 집세 대신 그림 그릴 나무 판을 산다 그녀의 바구니에는 늘 박쥐우산이 담겨 있다 우산을 펴는 날은 하루도 없다 비가 오면 아, 입 벌려 하늘을 받아먹는다 성모마리아가 눈 감고 있는 사이 성당에서 훔친 촛물도 들어 있다 푸줏간에서 일하다 슬쩍 챙긴 돼지의 붉은 간이 뚝뚝 떨어져 길을 연다 발걸음도 가볍게 천사여 이제 준비가 되었습니다 마을 곳곳을 누비고 다니며 꽃을 따고 들풀을 짓이겨 물감을 만든다 차가운 바닥, 달뜬 찬송가를 불러대며 가시에 할퀸 손가락으로 그림을 그린다

　펄떡이는 그림들이 나에게 말을 건넨다 네 심장을 꺼내 영혼의 물감을 만들어보렴 그럼 너는 세상에서 단 하나밖에 없는 색을 갖게 되는 거지 무엇을 그릴까 고민하지는 마 네 안에 있는 그 무언가를 그리려 하지도 마 다만, 풍경의 부름에 응답할 뿐, 나무가, 바람이, 들

꽃이 너의 몸을 빌려 그림을 그릴, 뿐이야

　나무 위에 올라가 나뭇잎이 만들어내는 바람의 냄새를 맡고 풀과 새에게 말을 건네던 그녀, 정신병원 문을 열고 걸어 나온다 빈 의자를 들고 고집스레 언덕을 향해 걷다가 나무 아래로 들어간다 마지막으로 완성한 영혼의 그림

제3부

봄밤

밤이 사내를 읽고
사내는 눈먼 아내를 읽는다
그믐 길 더듬듯
밤늦도록 아내에게 줄 수 있는 건
스스로 까막눈인 시詩
십년을 넘게 웅크리고 앉아 쓴 딸의 시를
긴 겨울밤 엉킨 실타래 풀 듯
아내의 순한 귓바퀴에 감아준다
감아 도는 구절마다
촘촘히 밤이 기워지고
강가 버들가지 실눈으로 마중 나온 봄
언 강을 품고 흐른다
눈먼 아내의 무릎 베고 누운 사내의 얼굴 위로
가물가물 졸음처럼 번지는 산수유 꽃빛
노랗게 익어가는
봄밤

야생의 시간

어때요 오늘밤? 기대해도 좋아요 보름달 뜬 고원 목
장, 인생이 바뀔지도 몰라요 여자의 문자에 화답하듯
달 따라 령嶺을 넘는다 여자는 열여덟 연상 착한 눈 가
진 산장지기와 말똥을 치우며 살고 있다 툭, 산목련 터
지듯 누구라도 왔으면 해서 며칠 동안 자꾸만 산 아래
를 더듬었어요 잘 빗은 말갈기 같은 머리칼 쓸며 사내
가 수줍게 손 건넨다

말은 턱 밑 더듬이와 긴 코로 모든 것을 결정한다 흥
분한 사람이 다가가면 금방 눈치를 채고 경계를 하는
이유도 그 때문이다 감성이 발달한 야생마를 길들이기
위해서는 하루에 한 번씩 눈 맞추고 쓰다듬어 주는 일
이 가장 중요하다

책상 때문이다 시나리오 쓰는 여자를 위해 사내는 손
수 나무를 켜 앉은뱅이책상을 만들어 바쳤다 생애 첫
선물을 받은 여자는 기꺼이 목장의 한 점 풍경으로 박
혔다 서로를 길들이던 야생의 시간들이 앉은뱅이책상
되어 서로에게 자리를 내주고 있었다 물오른 굴참나무
속으로 달이 사라지고 묵묵히 햇귀가 든다

노루가 우는 소리를 들었다

어뚝새벽 눈설레 헤치고
가는 울음소리 들린다
밖에서 자꾸 무슨 소리가 나요
어미 노루가
길 놓친 새끼를 부르는 소리란다
긴 겨울 지나고 찔레꽃머리에
산초잎사귀처럼 팔랑이는 귀를 단
새끼 노루가 태어난단다
너도 초여름에 태어났지
한 달 전 자궁을 출산한 그녀
돌아누운 내 귀를 쓰다듬는다
세상에 숨탄것들의 울음소리는 모두
한 곳을 향해 있는지
나는 자꾸만 텅 빈 아랫배가 불러와
두 손을 배에 얹고 가만히
노루가 우는 소리를 들었다

라디오 라디오 92.3

택시를 타거나 다른 사람 차를 얻어 탔을 때 혹은 초
대받아 간 장소에서 라디오 92.3이 흘러나오면 무턱대
고 반가워 낯선 사람 손이라도 잡고 싶네 우즈벡에서
삼년 만에 돌아왔더니 오히려 한국이 더 낯설기만 한
백수시절 나를 키운 건 라디오 고정채널 92.3 구구절절
거짓말 사연을 올려 음악회 표 받아 공연도 보고 새로
나온 음반을 선물 받기도 했지 가끔 날이 흐리고 바람
불면 좋은 음악 나오고 있어요, 함께 듣고 싶어요 핑계
삼아 80byte의 안부를 꾹꾹 누르기도 했네 라디오와
눈을 뜨고 라디오와 밥을 먹고 라디오와 눈을 감고 라
디오와 꿈을 꾸고, 연애를 하라면 라디오와 하겠네

몽유夢遊

　　햇살이 꽃봉오리 속을 파고든다 햇살을 받아먹는 숨
소리 미세하다 서로가 서로에게 감지되는 황홀한 더듬
이, 이제 여기 혹은 거기에서 다시 돌아갈 때가 된 것이
다 무언가를 짓지도 한 줌 꽃씨조차 뿌리지 않았으니
햇빛과 꽃봉오리가 나누는 저 밀애는 다만 몽유일 뿐
저 독한 몰입에 아쉬워하지도 뒤돌아보지도 않는 축복,
여기는 다만 한때 내가 꿈꾸던 거기였고 거기 또한 내
가 꿈꾸던 여기였으므로

　　그들은 결코 혼자 여행하지 않는다 지나치게 큰 무리
를 지어 다니지도 않는다 단지, 신뢰하고 자신을 보완
해 줄 그런 자들과 함께 다닐 뿐 여기 혹은 거기에서 몇
달씩 머물다가 이듬해 겨울 다시 돌아오곤 했다 무언가
를 짓거나 식물을 심거나 하지도 않는 그들은 단지 자
연에 기대어 살 뿐 그저 몸이라는 방을 통과해갈 뿐

꽃피는 옥탑방

어둠이 벌레처럼 파먹다 버린 상현달
옥탑방으로 오르는 계단까지 내려왔다
깜빡, 별 하나에 어두운 하늘 빗장을 연다
목까지 여민 외투자락
공장에서부터 따라온 먼지들
달빛에 반짝거리고
집으로 향하는 무수한 계단 오를 때마다
자꾸만 숨이 차오른다
허름한 골목 쪽 반쯤 기운 달,
고개를 꺾어 올려다보면 옥탑방은 아직 멀다
낯선 땅에 몸 부릴 수 있는 게 어디인가
스스로 견딜 만하다, 숨 고르는데
바람 한 점 담장 아래 붙어 있던 라일락 꽃송이
툭 건드리며 지나간다
무수한 꽃배들 어둠 속 출렁이며 떠다니다가
나보다 먼저 옥탑방 문을 연다
찢어진 골목들이 향기로 봉합되고
나직나직한 등불, 꽃배로 흐르는 밤

고수레

설날 아침 남자들은 안방에서
차례상을 들었다 놨다 한다
구석에 앉아있던 어머니
상에 오르지 못한 못난 음식들
슬그머니 챙겨 밖으로 나선다
길눈 내린 동구밖 언 땅
잠들어 있는 미물들에게 고수레
대문 앞에 서서 좋은 일만 나다니게 하소서
빈 외양간 앞에 서서 고수레
대청마루 기둥에 서서 고수레

오늘은 병석에 누워 있는 어머니를 대신해
주섬주섬 음식을 챙긴다
어머니가 하던 대로 동구 밖에 섰는데
주문이 생각나지 않는다
눈 쌓인 사시넘불 속 잠새늘 까만 눈알 굴리며
바라보고 있다
한평생 자연에 눈 맞출 줄 안
어머니에게 고수레

왜목마을

빽빽한 어둠,
왜목마을 목부터 휘감고 있다
취하지 않고는 잠 이룰 수 없는 밤
지는 해 바다 깊숙이 감춰두고
시치미 뚝 떼고 있는 왜목마을
갯가에 나와 일출을 기다린다
온 몸으로 해를 밴 바다
밤새 뒤척이던 취기가 멈추면
집집마다 빗장을 열고
철철 넘치는 햇바다 하나씩
건져 올릴 수 있으리라
치마를 벌리면
뱃속으로 가득 들어차
넘치는 붉은 바다
벌써 밤이 끝나고 있다

햇살 가득한 삼나무 숲

삼나무 숲 날카로운 바람 속 쉬이 목말라하지 않으며 몇 백 년 거뜬히 살아온 물고기들을 알고 있네 아주 머언 옛날부터 산으로 들어와 살고 있는 물고기들 은빛 잔잔한 그림자 어룽대며 헤엄치고 있네 법당 안 부처님 손바닥에도 앉아보고 염불 외는 큰스님 목탁에도 입술 대어보다가 남으로 그늘 내린 동백 가지 사이에 고운 비늘 한 장 떨어뜨려도 보네 멀리서 바라보면 동백 이파리 반짝거리네 바람도 물고기들 따라 산 쪽으로 가만가만 돌아누운 시간, 법당 앞 노오란 수선화 피어나네 가만히 허리 접고 들여다보아야만 볼 수 있네 그 속에서 살며시 눈 감고 있는 물고기떼들 웽그렁뎅그렁 하늘 연못에 풍경소리 되어 길을 만드네

히말라야

사박 오일 소처럼 걸어도
히말라야는
쉬 얼굴을 보여주지 않는다
낡은 등산화에 달라붙은 거머리를 떼어내며
대체 히말라야는 어디에 있는 것이지?
묵묵히 뒤따르던 짐 나르는 청년
환한 미소가 먼저 답한다
여기가 다 히말라야인 걸요

손가락을 삼킨 심장

숲에 들어서면 부러진 나무들 많을수록 향기가 진하다 바람과 햇살로 나이테를 넓히며 뿜어내는 향기다 내가 사랑하는 당신은 손가락 세 개를 삼킨 심장이 뜨거워 함부로 안을 수 없지만 보이지 않는 손가락으로 보이지 않는 현을 켜는 당신만의 연주법은 나를 막 봄비 내린 초록빛 들판처럼 순하게 만든다 뭉툭한 손바닥으로 굽은 내 등뼈를 쓸어내리면 견디기 힘든 것들도 견딜 수 있을 것 같다

당신은 아주 가끔, 침묵한다 때로는 몇 분을 때로는 며칠을 때로는 몇 달을 침묵한다 그때마다 나는 내 심장을 아낌없이 파내어 당신의 어여쁜 손에 얹혀주고 싶다 다행히 다섯 손가락이 붙어 있는 악몽 따위는 꾸지 않는다는 당신에게는 심장이 넓어지는지 날마다 좋은 향기가 난다

명옥헌

연못 가득 목백일홍 뚝뚝 피고 있다
여름 하오가 꽃 속에 감겨 느리게 흘러간다

잔가지 슬쩍 간질이고는 시치미 떼며
목백일홍꽃 속 숨어버린 바람은 무슨 색일까

어느 귓결 고운 사람 있어
저 꽃자리와 바람의 울음을 짚어낼 수 있을까

떨어지는 꽃 사이사이
손잡고 거니는 청춘의 목덜미가 뽀얗다

누군가 오래도록 물가에 앉아
흐르는 꽃 퍼올려 붉은 얼굴을 닦고 있다

나무 중독자

　강심江心쪽으로 길게 몸 늘인 버드나무, 물속에서도 꼭 그만큼 뿌리를 내린다 지는 해가 만지는 뿌리들마다 긴 가지로 솟구쳐 매끈한 나뭇잎 토해낸다 나뭇잎을 뒤집으면 비릿한 물비늘이 새겨져 있다

　초등학교 삼학년, 늙은 변태 담임에게 요즘말로 찍힌 나는 나무꾼과 사슴이라는 연극에서 두 팔을 벌리고 극이 끝날 때까지 서 있어야 했다 내가 맡은 배역은 한 발자국도 움직일 수 없고, 한 마디 말도 할 수 없는 형벌 같은 나무, 누가 와서 차라리 나를 도끼로 찍어버렸으면, 담임은 학교가 파하면 사슴 같은 계집애들을 불러다가 흰머리를 뽑게 하고 스커트 속으로 손을 집어넣으며 느글느글 웃어댔다 훗날 안 사실, 형님이 교장이었다나 뭐라나 이후 나는 견고한 나무 도끼를 만들기로 했다 나무를 찾아다닌 것은 이때부터다

　강가로 원족遠足을 간 나는 나무 아래 젖은 몸을 펼쳐 말리다가 나무처럼 아 하고 일어서서 나무를 안아본다 물살이 급한 곳일수록 나무의 나이테는 견고하다 이정도면 충분하다 벌린 입에서 무수히 돋는 초록 잎새들, 하늘을 우러러 부끄러운 일들이 많았으면 좋겠다

이평리 석불

아무도 석불을 본 적 없다 한다
음식점과 모텔만 즐비하다
먼 산 아래를 더듬는다
깊은 골까지 밀고 들어온 세상
석불은 견딜 수 없었을까
스스로 세상의 불이 되기 위해 사라졌을까
몇 번이고 재재 지나친 길가 모퉁이
눈과 코, 입이 지워진 뭉툭한 돌덩이 하나
앙상한 소나무 아래 기우뚱 서 있다
급히 음식점 빠져나가던 여자 몇몇
차창너머로 돌덩이 바라보며 얼굴 붉히다
자기네끼리 낄낄댄다
신호가 바뀌자 다시 조용해진
이평리 삼거리, 눈 내린다
마을이 지워지고 길이 지워지자
드디어 온 몸 다 지워진 석불
스스로 환하다

제4부

오목가슴

늦은 밤 소쩍새 운다 떠나 온 고향집 뒷산에서 용케 이 먼 곳까지 따라왔구나 벌레처럼 웅크리고 창밖으로 귀 늘인다 떠나오니 더 크게 들리는 소리

거기에 있을 때가 좋은 줄 알아 여기는 참 지루해 그 곳으로 떠나고 싶어 거기에 있는 사람들이 전하는 말 낯선 곳인 거기 살다보면 익숙한 여기 떠나고 싶던 거기는 지금 여기

거기 혹은 여기가 그리워 하루에도 몇 번씩 짐을 싼다 몸이 둥글게 말아지고 귀 기울일수록 더욱 커지는 소쩍새 소리 숲도 나무도 여기도 거기도 아닌 바로 지금 오목가슴에서 나는 소리

그림자 그늘

뱃길 사라진 눈썹 같은 삼포강
수초처럼 흔들리며 도착한 반남고분
낡은 물비늘 털어내고 싶었다
깍지를 끼고 무덤에 기대 눈을 감았다
옹관고분에서 생을 시작한 그들은 어디로 갔나

어느 날 잠에서 깨었는데 내가 보이지 않았다
이불을 들춰보고 방문을 열어보았으나
보이지 않았다 그때,
벽에 걸린 거울 속 잔뜩 겁먹은 얼굴의 한 아이가
이쪽을 바라보며 서 있었다
그때 나는 어디로 갔던 것일까

길게 누운 고분의 그늘이
슬그머니 내 그림자를 지우는 순간
남해는 나무 그늘로 물고기를 낚는다지*
그림자 그늘로 먼 길 떠난 내 생을 낚고 싶다

* 손택수 「어부림」 중에서

단순한 꿈

이곳은 너무 좁아, 하루 종일 아무것도 하지 않아 피로한 나를 칭찬해 주는 그와 나란히 앉아 지구는 별인가 아닌가에 대해 이야기한다 한국천문연구원의 조사에 의하면 지구는 별일까 아닐까? 라는 질문에 시민 10명 중 7명은 "지구는 별이다"고 답했다 한다 허나, 지구는 스스로 빛을 내는 별 즉 태양과 같은 항성이 아닌 행성이기 때문에 틀린 답이다 아무렴, 정답 따위는 중요하지 않다 우리는 모두 땅별에 살고 있다고 믿고 싶은 사람들 허공의 붉은 혓바닥은 몇 년 전에 빛나던 것일까 초승달처럼 기우뚱 갈라진 바람벽, 대륙을 넘어온 바람 속 초원의 일렁임이 묻어 있다 저곳의 바람은 언제 이곳에 당도했나 큼큼 바람을 들이마시던 나는 딱 한 번 가 본 적 있는 몽골 초원으로 성큼성큼 걸어 들어가는 꿈꾼다 허공에 목단 한 송이 피어오른다 지상과 가까울수록 펄떡이는 저, 하늘의 심장에 칼을 꽂고 싶다

삼십육 분

새벽 네 시
어디선가 투둑투둑 매 맞는 소리,
살껍질 찢고 뼈 안쪽까지 가 닿는 소리,
조심스레 창문을 여니
은행나무, 온 몸에 매 맞으며 서 있다
야구모자 눌러쓴 사내
새벽마다, 빈 도로변만 서성이던 저 사내
야구방망이로 은행나무를 냅다 후려치고 있다
사내의 의기소침이 벌떡거리고 있다
고집스럽고 무뚝뚝하게 매질을 견디고 있는 은행나무
뚝심 때문에 매를 더 벌고 있는 저 은행나무
투막집 같은 사내의 손길만이 바락바락 악 쓰고 있다
아직은 9월, 은행 알이 여물기엔 이르다
부러지고 상처 난 가지 사이로
달을 받아내던 저 은행나무
덜 여문 달들 울컥울컥 토해내는 나무
달빛이라도 모으고 싶었던 걸까
몽둥이 휘두르며 은행나무를 후려치던 사내

킬킬대며 피 묻은 손으로
일용할 양식인 양
질질 쪼개진 달빛을 끌고
어디론가 사라진다
새벽 네 시 삼십육 분

비스듬히

당나귀 타고 아버지 따라
염소 몰이 하던 소녀
이제 혼자서 염소를 몬다
비탈진 언덕에 박혀 풀 뜯는
염소들 비스듬히 바라보다가
언덕 너머로 단 한 마리의 염소를 몰고
사라진 아버지를 생각한다
해거름 염소 몰고 집으로 돌아가는 길
뒤쳐진 어린 염소 한 마리
왜 다그쳐 데리고 가지 않느냐고
큰소리로 물으니
말 고삐 단단하게 움켜 쥔 소녀
비스듬히 뒤돌아본다
한번쯤 길 잃어도 괜찮아요
곧 돌아올 테니까요
해를 뚫고 길 끝으로 사라지는 소녀
비스듬히 바라보는
염소 한 마리

훌쩍

세상은 변하고 사람들도 변하는데 일 없는 내게는 변하지 않는 날들뿐 출구가 막힌 방 며칠 전부터 목구멍이 따끔거렸다 할 수 있는 일이란 양손으로 목을 가만가만 쓰다듬는 것, 그러다 까무룩 잠들곤 했다 어느 날 아침 목소리가 사라졌다 구멍 난 비닐봉지 바람 빠지는 소리만 났다 간밤 꿈에 나타난 고양이 짓이 분명하다 창틀 위 거만한 표정으로 길게 누워 나를 지켜보던 꼴이라니 잘코사니, 말을 하지 못하니 나는 드디어 자유, 말의 그림자 쓱쓱 지워버리고 밑줄 그어대던 낡은 책은 창문 너머로 훌쩍, 나는 보드라운 너의 발을 모아 훌쩍, 담장을 넘어 어릴 적 버려진 나를 주우러 갈 테다 쿨럭, 목 안에서 가지고 놀던 하얀 털실이 튀어나와 그 길을 인도한다 그리고 나는 훌쩍, 훌쩍

흐르는 것을 따라가다

구름에 산허리가 베인다
잘린 계곡 깊숙이
흐르는 비가 나를 몰고 간다
좁다란 돌계단
야크떼가 흘리고 간
방울 소리 짤랑대며 따라나선다
가난한 마을을 넘나드는
설산雪山 머리에 인 거대한 쪽방
웅크린 내 마음 언제쯤
저 방에 풀어놓을 수 있을까
생이란 늘 흐르는 것이어서
우기의 히말라야를 오르던 두엇의 사람도
구름 속에 흘러 들어가 자취가 없다, 고
장작불에 차 달이던 노인이 무심히 일렀다
흐르는 것들에게도 길이 있는 법
그 길 받아들이는 거처마다 생인 것을
잠든 밤하늘 가르며
먼 마을로 향하는 한 무리 방울소리

때로는 흐르는 것을 따라
묵묵히 제 길 가는 것도 있으니

구절리에서

정선에서 아우라지 강줄기 따라
두 량짜리 비둘기호 타고 내려가다 보면
물수제비처럼 공중에 떠오르는 송이눈들
굴뚝 위로 뜨막뜨막 밥 짓는 연기 피어오르는
구절리 마을 만날 수 있다
내려앉은 빈 아궁이처럼
낡고 헐거워진 폐광이
밥 짓는 마을 끌어안고 있다
낙반사고로 갈비뼈에 폐를 찔린
박씨, 기적소리에 허리 뒤척이면
뒤란 대나무들 그 소리에
부르르 잎 떤다
애오라지 막장의 하늘 아래서도
참나무처럼 움터오는 자식들에게
구절구절 희망 새기던 날들
아리아리, 아리게
아리랑 부르며 아라리 아라리
아우라지 강 건너간다

뿌리를 꿈꾸며

그만 눕고 싶었다 누워도 자꾸만 등이 굽었다 한때
나는 고향집 마당 한 켠에 서서 묵묵히 늙어가던 은행
나무였다 길게 꺾어지는 햇살 뒤로 하고 깨진 유리조각
따위 조심스레 묻어두던 시절도 훨씬 전 밤이 되면 뿌
리들끼리 손잡고 속삭이는 소리, 어머니 아버지 도란대
는 소리 귀 기울여 듣다 잠들곤 했다 한 뼘씩 겨우겨우
커가던 은행나무 이따금 컹컹 개 짖는 소리 들리고 후
두둑 별 몇 개 그 소리에 놀라 떨어져 몸에 와 닿기라도
하면 울울창창 뿌리부터 천천히 금빛으로 물들어갔다
그러다가 일순 온 몸 환해지면서 꼭 그만큼씩 하늘 쪽
으로 달려가 파랗게 눈뜨고, 가을이 올 때까지 나는 샛
노란 뿌리를 꿈꾸곤 했다 그러나 더 멀리 잔뿌리를 늘
이고 싶은 마음에 성급히 고향을 떠나온 나는 자꾸만
고향 쪽으로 온 몸이 기우뚱, 가을이 되어도 물들지 못
한다

사이

사랑하면 닿아 하나가 되어야 한다고
그럴 수 있을 거라 믿었던 날들이 있었네
믿은 만큼 오래 아픈 날들이었네
지난 여름 협제
때 아닌 비바람에
가지 꺾이는 아름드리 비자나무들
그 사이 휘청거리며 걷다 보았네
흔들리지 않는 것은
길가 쌓여 있는 돌담뿐인 것을
바람이 지나갈 수 있는 꼭
그만큼의 사이를 지닌 돌담뿐인 것을

나의 서정抒情

서정에도 계급이 있다고
누군가 말했다
계급이란 게 필경 당신과 나 사이의
경계로 인하여 생긴 것일 터
서정의 계급보다는
투명함에 대해 생각해 본다
가는 나뭇가지에 비긋는 소리
오롯이 들을 줄 아는 귀를 가졌는가
해를 따라 몸 열었다 닫는 길가 민들레
깊은 숨방房을 볼 줄 아는 눈 가졌는가
해질녘 미루나무 잎새의 떨림
감지할 줄 아는 마음 가졌는가
해질 무렵 베란다에 나가 오래도록
나무와 나무가 지워지는 숲을 바라보았다

워낭

히말로 떠난 그에게서 배달된 워낭
워낭이 지나온 길은
바람에게만 길을 내주는 곳이었을까
둥근 몸에 새겨진 낡은 바람의 무늬들
길을 간다는 것은
홀로 바람을 풀어내는 일
마음의 지도를 따라 길 나선 그는
바람의 혈을 짚으며 어디쯤 가고 있을까

히말의 한 마을에서는
사라진 소리들은
언젠가 다시 그곳으로
되돌아온다고 믿는다
단지 세상에는
길 위에서 길 잃은 사람들이 하 많아
그 시간이 지체되는 것일 뿐

그들은 떠난 사람들을 부르며 울지 않는다
이름이 떠나가 버리면
그 이름 가진 자도
사라져 버린다고 믿기 때문이다
앞장 서 걷는 야크의 목에
워낭을 달아주는 이유도 그 때문이다

잠든 길 가르는 워낭 소리 들으며
묵묵히 발 옮기는 것은
그저 야크만은 아닐 터
어쩌면 오늘 밤 먼 길 떠난 그
바람을 타고 되돌아오는 길인지도 모를 일
그러니 그대여
기다리는 누군가가 있다면
지금 바람 소리에 귀 기울일 것!

탑돌이

한 여자女子, 감은사지
석탑 속으로 걸어 들어간다
우듬지 끝 걸터앉은 상현달도
여자의 뒤 따른다
낮 동안 뜨거워진 감은사지 구들장 아래로
천천히 물이 들어찬다
오늘밤에는 용 한 마리
물속으로 감겨올지도 모른다
오래 전 바다 속으로 자맥질한
감은사 대종大鐘
바람 일렁일 때마다
잘 여문 치자꽃 향기
화르르 쏟아낸다
소리의 파문, 물고기떼 되어 흐르다가
하늘 길 연다 들썩들썩
시원으로 되돌아가고 싶은 석탑
제 몸 한 귀퉁이 헐어내고 있다

응시의 힘

이를테면
파도는 파도와 만나
거대한 너울로 바위를 친다
조각나는 바다
오래 지켜보던
물새 한 마리
외발로 서서
훌쩍 파도를 뛰어넘는다
발바닥에 붙어 있던
모래 한 알 옮겨졌을 뿐인데
바닷물의
흐름이 바뀌었다

생의 어둠을 포월胞越하는 이미지의 마력

장석원 시인

1. 연꽃 같은 발꿈치로 갓이없는 바다를 밟고

시는 어떻게 이루어지는가. 어디서 오는가. 시의 몸은 무엇으로 기록할 수 있는가.

강회진은 '시'라는 편지에 이와 같은 질문을 담아 우리들에게 『일요일의 우편배달부』를 전달한다.

오래 기다렸던 편지가 도착했고, 봉투를 뜯기 전에, 소식 저 너머의 발신자를 떠올리며, 망설이며, 하늘 한 켠에 묻어두었던 얼굴을 다시 그려보며, 이제는 희미해진, 먼 곳에서 망실했던 사랑과 사람과 나무와 초원과 바다와 사막의, 잊혀질수록 다른 한 끝이 선명해지는,

재 위의 불꽃 같은, 깊고 끈끈하여 시간이 갈수록 다시
더 선명해지는 따스한 불꽃을 내장한 듯한, 노란 향기
의 끝에 맺혀 있는 초원의 숨소리를, 어루만지고 끌어
안으며 지나온 모두와 흘러간 전부를 낱낱이 새겨놓은
시를, 시인의 편지를 개봉한다.

왜바람에 물기가 묻어 있는 걸 보니
재 너머에 비가 오나 보다
바람꽃 피기 전에
비설거지해야겠다

꽃잎 떨군 살구나무 아래
시난고난한 어머니
염소처럼 박혀 머위 잎 뜯다가
허공 한 줌 손에 담고
가만가만 바람의 맥을 짚어낸다

이름 석 자 간신히 쓸 줄 아는 어머니
세상에서 가장 큰 책을
읽고 계신다

― 「세상에서 가장 큰 책을 읽으시는」 전문

　　어머니/아버지. 사랑 아닌 모든 것을 사랑으로 감싸 안는 육친의 육향이 맴도는 강회진의 시를 읽으며 우리는 다시 '서정'으로 돌아가게 된다. 문제는 그것이 아니라, 그것 밖에서 그것 안으로 진입하여 그것을 새롭게 하는, 더 아름답게 하는, 근원의 보편에 육박하는 다른 그것의 실체들이다. 감각할 수 있는 이미지들, 의미를 끌고다니지만 의미 너머에서 파동치는 이미지들, 이미지 그 자체, 그것의 몸을 확인할 수 있기에 강회진의 시는 전통적이다. 하여 그의 시는 적통에 근접해 있다. 또한 새로워 아름답다. 강회진 시의 새로움은 '감각'과 그것을 전달하는 '표현'의 합치로 이루어진다.

　　퀭한 그림자를 닮았다
　　발자국마다 붉은 핏자국 선연하다
　　차창에 떠올랐다가 슬쩍 사라지는
　　낯익은 소름의 뒷모습

　　낡은 구두가 끌고 가는 귀갓길
　　입김 서려 손꽃 핀 차창에 기대
　　외투 안주머니 얇은 월급봉투를 더듬다가
　　본다, 눈 쌓인 몽골 히시건도르 초원

자작나무 그렁그렁 타오르던 밤

살짝 열린 게르 문틈으로

나를 훔쳐보던 붉은 그림자

차창에 떠올랐다가 사라지는 동안

버스도 길을 멈춘다

그 밤 내내 게르 곁을 서성이며 내 잠을 갉아먹던

퀭한 눈, 나는 무언가에 홀린 듯

그림자에 붙들린다

흠칫 뒤돌아보는 슬픈 눈

눈 쌓인 초원을 바람처럼 내달리던 먼먼길

거침없이 상처까지 핥으며 걸어가던

붉은 여우, 반짝, 장작불에 빛나던

그날 밤 눈빛은 어디로 갔나

하늘의 대지에 닿는 별의 눈빛으로

핏자국 쓱쓱 지우며 가던 붉은 여우는

– 「붉은 여우」 전문

　차창 속의 나, 유리창 너머의 흔들리는 공간에서 시
인은 "낯익은 소름의 뒷모습"을 발견한다. 아니 그것은
발견되는 것이라서 내가 발견하고 싶다고 발견할 수 있

는 것이 아니다. "입김 서려 손꽃 핀 차창에 기대 / 외투 안주머니 얇은 월급봉투를 더듬다가" 볼 수 있는 것, "나를 훔쳐보던 붉은 그림자"가 "붉은 핏자국"처럼 선연하다. 월급봉투처럼 얇아진 삶의 두께를 감지할 때, 삶이 점점 가벼워져 작은 바람에도 파시식 부서질 것 같을 때, 나타나 홀연 '오늘, 여기'의 사람들을 저 머나먼 초원의 여인숙 같은 게르로 인도하는 붉은 여우의 눈빛이 반짝인다. 이리로 오라고, 어서 떠나라고 하는 듯이 더욱 또렷해진다. 그리움이 응축되어 있는 듯하다. 멀어질수록 강렬해지고, 작아질수록 단단해지는 여우의 붉은 눈빛이 어둠을 천공한다. 시인은 붉은 여우를 따라 "눈 쌓인 몽골 히시건도르 초원"으로 달려가고 싶어한다. "눈 쌓인 초원을 바람처럼 내달리"고 싶지만 시인은 떠날 수가 없다. 이곳을 벗어날 수가 없다. 붉은 여우는 지금 그곳에 없다. 붉은 여우는 지금 이곳에서 내게 떠나라 재촉하지만, 붉은 여우의 "반짝, 장작불에 빛나던 / 그날 밤 눈빛"은 이제 그 어느 곳에서도 찾을 수가 없다. 사라진 붉은 여우의 "흠칫 뒤돌아보는 슬픈 눈"만이 어둠 속에서 나를 쳐다본다. 나를 인도하는 여우의 "발자국마다" 붉은 핏자국이 선명하다. 여우는 "하늘의 대지에 닿는 별의 눈빛으로 / 핏자

국 쓱쓱 지우며” 앞서간다. 시인의 삶도 그러했을 것이
다. 지나온 생의 길에 뿌려진 붉은 핏자국을 쓱쓱 지우
며 걸어왔을 것이다. 붉은 여우처럼, 끝없는 초원을 정
처없이 떠도는 것이 운명인 여우처럼 시인의 삶도, 우
리네 인생도 정주定住 없는 구름의 생이었다. 시인을 생
의 신비로 이끌었던 붉은 여우는 사라졌지만 삶의 어두
운 골목 모퉁이를 지날 때마다 홀연 나타났다가 사라지
는 “퀭한 눈”이 있다. 붉은 눈빛, 어둠을 불태우는 발화
점. 여우가 나타날 때마다 시간에 불이 붙는다. 한없이
느린, 또는 느려진 시간 속에서 여우가 우리를 기다린
다. 우리는 강회진의 ‘붉은 여우’를 따라 시간 속으로
들어간다. 여우의 붉은 눈빛이 ‘시간의 동공瞳孔’이다.
사라질 수밖에 없었기 때문에, 우리는 돌아갈 수 없기
때문에, 삶이 우리를 옭아매고 있기 때문에, 소멸된 모
든 그리움은 다시 복원될 수 없기 때문에, 여우의 ‘슬
픈’ 붉은 눈이 강렬하다. 강회진이 과거와 현재의 교차
로를 지나는 버스 안에서, 차창 밖의 어둠 속에서, 적출
한 붉은 눈빛.

2. 옛 탑 위의 고요한 하늘을 슬치는 알 수 없는 향기

강회진의 시는 전통적인 '서정적인 것'들의 다양한 영토를 거느리고 있다. 강회진의 시가 아름다운 것은 '전통'과 '서정'의 선험적이고 규정적인, 따라서 권위적이고 배타적인, 그 고유성 때문이 아니다. 그렇지 않기 때문에, 그것의 강역에서 벗어나려는 운동을 시도하고 있기 때문에, 벌써 밖으로 이동하였기 때문에 강회진의 시는 전통적인 서정시이면서 동시에 '전통'과 '서정'에 기대지 않고도 '좋은' 시의 자질을 획득한다. 전통적이어서, 서정적이어서, 그것이 시의 본원이라서, 반드시 지켜야만 좋은 시가 된다면? 강회진의 시는 안 좋은 시가 될 것이다.

된장국 끓는 듯한
개구리 울음소리, 툭툭
그믐밤 모올래 터지는
찔레꽃 향기
자잘자잘 흐르고
(……)
풀새밭 사이로

꽁무니에 빛을 매단 별들

꼬물꼬물 속살거리고

사립문 밀치고 들어서며

어머니, 하고 부르면

토방에 외로이 누워 있던

흙 묻은 고무신

속으로 한없이 떨어지는

맑은 별들, 별들

－「별」부분

된장국 끓는 소리와 개구리의 울음소리가 겹쳐져 있다. 소리의 문양紋樣이 비슷하다. 비유의 동일성에 포집된 소리의 무늬들. 그것이 다시 '툭툭'이라는 소리로 전이되고, 그것이 물방울 터지는 모양의 시각 이미지로 독자를 인도하지만, 순식간에 "찔레꽃 향기"가 된다. 시각, 청각, 후각을 동시에 거느리는 비유의 속도가 감각의 깊이를 획득하는 순간이다. 퍼지는 찔레의 향기가 강회진의 시에서는 "자잘자잘" 흐른다. 다시 청각과 시각으로 후각이 변태變態된다.

밤하늘의 별이 벌레들처럼 "꼬물꼬물"댄다. 꼬물대는 별의 속살거림. "꽁무니에" 매달린 별의 빛이 조금

부스러져 하늘에서 지상으로 흩날리는 듯하다. 그런 밤에 "사립문 밀치고 들어서며 / 어머니"를 부른다. 잠들었던 어머니가 문을 열고 '맨발로' '두 팔 벌리고' '뛰어나올' 것 같다. 자동적인 서정의 장면이었다. 강회진은 어머니를 시에 초대하지 않는다. 어쩌면 어머니는 벌써 별이 되었는지도 모른다. 깊게 잠들었을지도 모른다. 어머니는 자식이 왔다가 갔는지도 모를 것이다. 이 시의 딸은 어떤 사연인지는 알 수 없으나 어머니를 찾아왔어도 어머니를 뵙고 갈 수 없는 이유를 갖고 있을지도 모른다. 시인은 어머니를 그리지 않는다. 시인은 토방의 고무신을 바라본다. 어머니처럼 "외로이 누워 있던 / 흙 묻은 고무신 / 속으로 한없이 떨어지는 / 맑은 별들, 별들"을 쳐다보면서 우리는 어머니의 부재를 확신하게 된다. 어머니와 별이 하나가 되어 온 밤을 환하게 비춘다. 이 시를 휘황하게 채우고 있는 미시적이고 구체적인 감각들 때문에 우리는 생의 어둠을 포월胞越하게 하는 이미지의 마력을 체험한다. 강회진 시의 아름다움이다.

붉은 여우 꽃 발자국 따라 가는 길 싹싸울 싹싸울
사루비아 까만 씨앗 같은 소리 들린다 모래사막에서

만 자란다는 싹싸울 나무 울고 있는가 한껏 달궈진 사
막에 귀를 댄다 사막을 횡단하는 숱한 발자국 소리 사
막은 초원을 지나온 바람을 데려와 나를 둥글게 감싼
다 내 귀는 너무도 날카로워 속울음조차 듣지 못하는
데 오래 견디며 오래 곁을 내준 사막은 자잘한 풍경들
로 둥근 귀를 만든다 사막 속, 무수한 귀들 돋는다

―「둥근 사막의 귀」 전문

　여우는 붉고, 여우는 걸어가고, 그 길에서 여우의 발
자국 소리 들린다. 여우의 걸음 소리가 "싹싸울 싹싸
울" 들려온다. 이 소리는 "사루비아 까만 씨앗" 같다.
'사루비아'와 '싹싸울'의 비슷하면서도 이질적인 청각
영상이 모래사막에서만 자라는 '싹싸울' 나무로 귀결된
다. 모래사막에서 자라는 이 나무의 싹은 무엇과 싸우
길래 울음 우는가. 청각이 주도하는 시. 화자는 "사막
에 귀를 댄다". "사막을 횡단하는 숱한 발자국 소리" 들
린다. 사막은 사막 너머의 초원을 바람에 싣고 내게 데
려온다. 바람 소리 속에 초원의 푸른 빛 섞인다. '나'는
이 사막 풍경 속에 숨어 있는 낮은 '저 너머'의 '속울
음'을 듣지 못하는데, 긴 기다림 때문에 모래의 낮빛으
로 '나'를 지켜주던 '사막'이 "자잘한 풍경들로 둥근

귀를 만"들어준다. "사막 속, 무수한 귀들 돋"아난다. 사막 속에는 수많은 소리가 숨어 있어, 사막에 귀를 대고 모래의 숨소리를 들으면, 그 모든 소리들을 들을 수 있다. '나'는 오늘 사막이다. 사막 속에서 사막이 되었다. 사막에서 사막이 되어 사막의 그 무수한 소리, 생명이 움직이는 소리의 교향 속으로 들어왔다. 무수한 사막의 귀들, '나'라는 귀, '나'와 사막의 '귀'는 구분되지 않는다. '나'는 사막이요, 귀요, 모래바람처럼 움직이는 소리. 이 풍성한 청각의 축제 때문에 우리는 소리의 두께(볼륨)를 만질 수 있게 되었다. 청각을 다른 감각으로 전이시켜 세계의 이면으로 우리를 인도하는 강회진 시의 아름다움이 충만하다.

> 눈먼 아내의 무릎 베고 누운 사내의 얼굴 위로
> 가물가물 졸음처럼 번지는 산수유 꽃빛
> 노랗게 익어가는
> 봄밤
>
>   － 「봄밤」 부분

> 바람 한 점 담장 아래 붙어 있던 라일락 꽃송이
> 툭 건드리며 지나간다

무수한 꽃배들 어둠 속 출렁이며 떠다니다가

나보다 먼저 옥탑방 문을 연다

찢어진 골목들이 향기로 봉합되고

나직나직한 등불, 꽃배로 흐르는 밤

—「꽃피는 옥탑방」 부분

감은사 대종

바람 일렁일 때마다

잘 여문 치자꽃 향기

화르르 쏟아낸다

소리의 파문, 물고기떼 되어 흐르다가

하늘 길 연다 들썩들썩

시원으로 되돌아가고 싶은 석탑

—「탑돌이」 부분

아내는 눈이 멀었고, 아내의 무릎을 베고 사내는 누워 있고, 졸음이 찾아온 사내는 스르륵 눈이 감긴다. 졸음 대신 "산수유 꽃빛" 엷은 노랑 졸음처럼 사내의 얼굴 위로 번진다. 졸음과 노랑과 봄밤의 훈향이 부부의 사랑처럼 감돈다. 「봄밤」의 시각화된 졸음이 사랑하는 사람들의 향기를 떠올리게 한다. 「꽃피는 옥탑방」에서는 ‘라일락 향기’가 가난한 삶을 지칭하는 옥탑방의 “나직나직한 등불”을 ‘꽃배’로 전환시켜 신산한 생의 빈곤을 감싸는 불빛의 따스함을 느끼게 한다. 우리 삶에 “찢어진 골목들”을 ‘봉합’하는 향기가 있을 것 같다. 맑은 봄밤의 어느 날, 담장 아래를 지나가면서 기원 없이 떨어진 붉은 벽돌 같은 라일락 향기 때문에 잠깐 어지러웠던 적이 있었다. 강회진의 시가 환기시킨 어퍼컷 같은 향기의 질감이 새롭다. 「탑돌이」를 휘감고 있는 “잘 여문 치자꽃 향기”는 “소리의 파문”이 되고, 이것은 다시 “물고기떼 되어” 하늘을 흐른다. 강회진의 이미지는 고정되지 않는다. 이것에서 저곳으로 움직이고, 뛰어 빠르게 변신한다. 연속 변신하여 다른 것으로 다른 것으로 전진한다. 부분 부분이 결합되어 거대한 로봇이 되듯, 아니 푸른 대형 트럭이 ‘옵티머스 프라임’이 되듯, 강회진의 시에는 변신하는 이미지들이 가득하다. 그 이미지들은 우리 생을 초원의 ‘저 머나먼 여인숙’으로 인도하기도 하고, 다른 생의 어느 날로 안내하기도 한다. 그것이 과거의 어느 날이든, 어머니의 포근한 품이든, 고요가 깃든 서늘한 풍경이든 강회진의 시는 구체적인 감각의 현란한 하모니로 우리를 깊은 아름다움과 새로움에 대한 인식의 기쁨, 즐거운 앎의 체

험으로 이끌어 간다.

연못 가득 목백일홍 뚝뚝 피고 있다
여름 하오가 꽃 속에 감겨 느리게 흘러간다

잔가지 슬쩍 간질이고는 시치미 떼며
목백일홍꽃 속 숨어버린 바람은 무슨 색일까

어느 귓결 고운 사람 있어
저 꽃자리와 바람의 울음을 짚어낼 수 있을까

떨어지는 꽃 사이사이
손잡고 거니는 청춘의 목덜미가 뽀얗다

누군가 오래도록 물가에 앉아
흐르는 꽃 퍼올려 붉은 얼굴을 닦고 있다

－「명옥헌」 전문

정갈한 풍경 속의 사람 하나, 꽃이 되어 꽃 뒤로 후퇴한다. 천천히 지워져, 간다. 나는 가 보지 못한 명옥헌을 강회진의 시를 통해 오롯이 체험한다. 느리게 흘러

가는 한낮의 여름 오후를 휘감는 목백일홍 붉은 흔들림
이 연못에 어룽진다. 붉은 파동의 문양이 이마에 새겨
진다. 나무의 잔가지 떨린다. 내 몸을 간질이는 붉은 파
문. 꽃 속에 숨어버린 바람의 색깔. 붉다, 피다, 떨어지
다, 감기다, 느리다, 흘러가다, 간질이다, 숨다. 내가 거
쳐온 동사와 형용사. 이곳, 명옥헌에서 시인은 "꽃자리
와 바람의 울음을 짚어"낸다. 명옥헌 마당을 "손잡고
거니는 청춘의 목덜미"를 바라보면서, 연인들의 '뽀얀'
목덜미를 쳐다보면서, 붉은 백일홍과 흰 목덜미의 대비
를 응시하면서 시인은 "오래도록 물가에 앉아" 흐르는
시간 속의 풍경을 천천히 음미하고 있다. 우리는 백일
홍 붉은 얼굴이 되어 명옥헌 깊어가는 여름의 고적 한
가운데를 지나가는 중이다.

3. 무서운 검은 구름의 터진 틈으로, 언뜻언뜻
　　보이는 푸른 하늘

　시집의 마지막 시이다. 강회진이 바라보는 것, 강회
진이 우리에게 말하려고 하는 것은

이를테면

파도는 파도와 만나

거대한 너울로 바위를 친다

조각나는 바다

오래 지켜보던

물새 한 마리

외발로 서서

훌쩍 파도를 뛰어넘는다

발바닥에 붙어 있던

모래 한 알 옮겨졌을 뿐인데

바닷물의

흐름이 바뀌었다

– 「응시의 힘」 전문

이것이다. 거대한 바다 앞에 물새 한 마리가 있다. 나는 이것을 시인이라고, 시인의 시라고 생각한다. "발바닥에 붙어 있던 / 모래 한 알 옮"겼어도, '나'의 시가 그것밖에 되지 않는다 해도, "바닷물의 / 흐름이 바뀌었다"고 인식하는 강회진의 발언은 나를 섬뜩하게 한다. 우리는 이것을 시인이 세상을 향해 던지는 질문이라고 생각한다. 시가 저 거대한 세계의 밑바닥에서 세계와 세계 속의 사람을 움직이게 할 수 있을까. 나는 믿고 싶다. 강회진과 함께 믿게 된다. 아니 강회진의 시가 불가능을 부정하게 만들었다.

강회진은 다른 눈으로 바라본다. 다른 눈으로 시간과 싸운다. 상실을 지켜본다. 시인의 견고한 응시가 세계를 관통한다. 우리의 상처를, 이곳의 아픔을 버리지 않고 생생한 감각으로 전달하는, 온몸으로 그 고통을 껴안고 앓는 강회진은 아플수록 아름다워지는 시인의 운명을 다시 생각하게 한다. 모래 한 알 옮기기 위해 분투할 수밖에 없는 시인. 이 치열함 때문에, 시인의 운명에 대한 순응 이후에 발견하는 비애의 순정함 때문에, 강회진의 시는 서정 안에서 서정을 쇄신하는 '좋은' 시가 될 수밖에 없다.

4. 바람도 없는 공중에 수직의 파문을 내이며

오서요, 당신은 오실 때가 되얐어요, 어서 오서요. 당신은 당신의 오실 때가 언제인지 아십니까. 당신의 오실 때는 나의 기다리는 때입니다. 강회진은 "기다림의 본성"(나민애, 「너무나 가벼운 나」에서 '한없이 무거운

너'에게로」, 『유심』, 2010. 05~06, p.137)을 절절하게
형상화한다.

오늘 온다하여 안날부터 기다렸으나 족하는 이틀이
지났어도 오지 않았소 언덕빼기 돌을양지 쪽 노루귀
나 봄까치풀에 정신이 팔렸다 해도 한겻이면 넉넉할
것을, 해토머리 오는 길 매화나무에 통통히 꽃물이 올
랐다 해도 한나절이면 족할 것을 나는 족하가 일부러
에움길로 오나 싶어 동구 밖까지 나가 기다렸으나 족
하는 보이지 않았소 내가 직접 족하의 집 근처로 가려
했을 때는 이미 마당에 살구나무 긴 그늘이 드리울 무
렵인지라, 주저하다 포기하고 밤새 족하는 도대체 어
느 길에 묶인 채 나를 그리워할까 생각하였소

—「봄, 족하足下에게」 부분

기다림, 설레임, 오고감. 떨림, 주고받음, 가쁘게 벌
개진 숨소리. '족하오'는 포기를 지칭하지 않는다. 기
다림만으로도 충일해지는 사랑에 대하여, 우련한 즐거
움에 대하여 시인은 봄의 연락에 빗대어 '노래'한다.
'고유어'라는 낯익고도 낯설은, 낡았으면서도 새로운
풍경의 배면에 전통에 밀착한 정서와 호흡이 있기에 이

낯선 한국어들이 신선新鮮을 획득한다.

　　뜬금없이 당신은 하마가 보고 싶다 말했다 끝물의
벚꽃 흩날리고 손과 손 스치며 동물원 간다 봄볕 내려
와 따글따글 뒹구는 나무의자에 엉덩이 붙이고 우리
가 한 일이라고는 두어 시간 동안 하마를 바라보는 게
전부였다
　　무리지어 생활한다던 하마는 심드렁 홀로 집 지키
고 있다 이따금 종종종 소풍 나온 유치원생들이 하마
야, 하마야 악을 쓰며 불러대는데 그러거나 말거나 하
마는 비대한 몸 뒤척이며 누워만 있다 가끔 쫑긋 세워
진 아이 손바닥만한 귀를 털어낼 뿐 끙, 돌아눕는 하
마의 엉덩이 쪽으로 한 아이가 주먹을 먹였다
　　오래도록 하마를 바라보던 당신의 눈이 고요해지는
것을 본다 먼 생 언젠가는 이번 생을 인정할 수 있
을까 이유도 알 수 없이 방바닥을 치며 통곡하던 날들
을 용서할 수 있을까 뜨겁게 거절하는 당신을 다음 생
에서도 사랑한다 말할 수 있을까
　　어쩌면 당신과 나는 무리를 이탈한 하마인지도 모
를 일 불온한 사랑을 꿈구는, 하마하마한 우리는 세상
이 뭐라 주먹을 먹여도 가만히 두 귀 털어내며 홀로

고요해지고 싶은 건지도

— 「하마河馬」 전문

사랑의 진실, 사랑이란 고요의 감옥, 둘만 존재해야 하는, 다른 생에서도 이루어질 수 없는 사랑에 갇힌 시인. 봄날의 찬란한 소멸 속에서 느끼는 사랑의 무언과 사랑의 증발과 사랑의 어둠 그리고 사랑이라는 긴 기다림과 깊은 상처, 아련하게, 흘러, 간다.

나는 빈 냉장고에서 날마다 스멀스멀 방으로 손을 뻗치는 거대한 고구마줄기에 대해 쓴 편지를 읽는다 냉장고는 거대한 어항, 밤새 웅웅 혼자 방을 넓히며 수초를 키워내지 어항의 문을 열고, 문을 닫고, 나는 비늘갈이를 시작했어요 사랑해요 사랑하지 마 어쩌죠? 벌써 사랑해버린 걸요 어서 돌아와 예전처럼 내 가슴에 차거운 이빨을 박아주세요
토요일의 우편배달부는 휴가를 떠났다 나는 다섯 통의 편지를 써 우편함에 넣은 후 지느러미를 접고 강구江口로 간다 이제 일요일, 편지의 해독은 여인餘人의 몫이다.

— 「일요일의 우편배달부」 부분

당신의 편지가 왔다기에 바느질 그릇을 치어놓고 떼여 보았습니다. 그 편지는 나에게 잘 있느냐고만 묻고, 언제 오신다는 말은 조금도 없습니다. 내 사랑이 더 강해지게 내 숨통을 조여주세요. 사랑하지 못하면, 나에겐 처벌뿐. 기꺼이 벌 받기 위해 사랑의 죄 짓습니다. 후일에 그에 대한 죄를 풍우의 봄 새벽의 낙화의 수만 치라도 받겠습니다. 당신의 사랑의 동아줄에 휘감기는 체형도 사양치 않겠습니다. 당신의 사랑의 혹법 아래에 일만 가지로 복종하는 자유형도 받겠습니다.

이제 편지를 다 읽었다. 일요일도 오후를 훌쩍 넘겼다. 편지를 봉투에 넣는다. 사랑에 대해, 사랑의 상실에 대해, 사랑이라는 것을 현현顯現시키는 감각에 대해 한동안 생각하게 될 것 같다. 강회진의 시와 함께.

강회진

1975년 충남 홍성에서 태어났다. 2004년 『문학사상』 신인상에 시 「달을 베어먹으며」외 4편이 당선되어 작품활동을 시작했다. 현재 광주대학교 문예창작과 겸임교수로 재직 중이다.

e-mail sprain74@hanmail.net

문학들 시선 013
일요일의 우편배달부

초판1쇄 찍은 날 | 2010년 6월 4일
초판1쇄 펴낸 날 | 2010년 6월 10일

지은이 | 강회진
펴낸이 | 송광룡
펴낸곳 | 문학들
등록 | 2005년 8월 24일 제2005 1-2호
주소 | 503-821 광주광역시 남구 양림동 24-18번지 2층
전화 | 062-651-6968
팩스 | 062-651-9690
전자우편 | munhakdle@hanmail.net

ⓒ 강회진 2010
ISBN 978-89-92680-41-7 03810